ESSAIS POÉTIQUES

ŒUVRES POSTHUMES

D'Émile POIRAULT

> « On proscrirait moins de pensées d'un ouvrage si on les concevait comme l'auteur. »
>
> VAUVENARGUES

PARIS

SOCIÉTÉ D'IMPRIMERIE ET LIBRAIRIE ADMINISTRATIVES ET DES CHEMINS DE FER

PAUL DUPONT

41, RUE JEAN-JACQUES-ROUSSEAU, 41

1880

ŒUVRES POSTHUMES D'ÉMILE POIRAULT

ŒUVRES POSTHUMES

D'ÉMILE POIRAULT

« On proscrirait moins de pensées
« d'un ouvrage si on les concevait
« comme l'auteur. »

VAUVENARGUES.

PARIS

SOCIÉTÉ D'IMPRIMERIE ET LIBRAIRIE ADMINISTRATIVES ET DES CHEMINS DE FER
PAUL DUPONT,
41, RUE JEAN-JACQUES-ROUSSEAU, 41

1880

PRÉFACE

—

Ce livre renferme l'œuvre d'un jeune homme,
mort, le 28 avril 1879, à l'âge de 21 ans.

ÉMILE POIRAULT, né à Ruffec (Charente), le
15 octobre 1858, fut élevé à Paris.

Après avoir fait à l'École Commerciale de
l'avenue Trudaine d'excellentes études, il entra,
le 1ᵉʳ janvier 1876, en qualité de comptable, aux
Forges de Sireuil (Charente), dirigées par
M. Martin.

C'est là, pour le dire en passant, qu'il
composa, en grande partie, ses poésies.

Il dut quitter Sireuil au mois de novembre 1878, pour être incorporé dans le 78e régiment de ligne, à Limoges, comme engagé conditionnel d'un an.

Là, les fatigues d'une vie nouvelle, augmentées encore par les rigueurs d'un hiver prolongé, lui donnèrent les germes de la maladie qui l'emporta en quelques jours.

Ses poésies ont été réunies et classées suivant les indications qu'il a lui-même laissées quelque temps avant sa mort, comme par une sorte de pressentiment de sa fin prochaine.

Le lecteur pourra juger des trésors d'amour filial, d'affection fraternelle et de tendresse passionnée qui emplissaient l'âme du jeune poète, et, en fermant ce livre, il se prendra à regretter que tant de brillantes promesses aient été si brusquement anéanties par une mort prématurée.

ŒUVRES POSTHUMES

D'ÉMILE POIRAULT

ÉLÉGIE

SUR LA MORT DE MON FRÈRE

Il faut nous incliner devant le temps sévère.
Tout s'envole ici bas : le baiser d'une mère
    Comme celui de l'inconstant ;
L'impitoyable mort, répandant la tristesse,
Ne sait pas épargner la touchante jeunesse
    Ni le sourire d'un enfant.....

Il vient de se soustraire aux doux soins de sa mère;
Le vent glacé du soir a fermé sa paupière;
        Il repose, il dort maintenant.....
Il était notre amour, il faisait notre joie,
Et la cruelle mort d'un ange fit sa proie,
        Aux bords inconnus l'emportant !

Son regard nous disait : « Au revoir, je succombe. »
Et l'enfant bien-aimé, lentement vers la tombe
        Semblait poussé par le destin !
A deux mois et demi, déjà sonnait son heure ;
Souriant il partit pour la sombre demeure,
        Etant encore à son matin.....

Sur cette terre, hélas ! trop court fut ton passage !
Ton ciel était d'azur et tes jours sans nuage,
        La joie entourait ton berceau ;
Mais ta vie a passé comme un songe s'efface,
Edmond, à ton réveil avait changé ta place,
        Et tes yeux virent le tombeau.

A l'ombre du cyprès, à l'ombre de la rose,
Sous le feuillage sombre, enfant chéri, repose.
        Là, nous t'apporterons des fleurs.

Nous viendrons exhaler nos regrets sur ta tombe,
Et sous l'antique saule à la branche qui tombe,
  Nous verserons aussi des pleurs !

O soleil bienfaisant, sur cet ange rayonne,
Et que dans le feuillage un vent léger résonne !
  Que la brise et que le rayon
Attirent les oiseaux dans ce lieu solitaire,
Et vers Dieu montera, comme une autre prière,
  Leur chant de consolation !

Cet enfant comme toi, pauvre feuille éphémère,
Arraché par l'orage à sa tige légère,
  N'a pas achevé sa saison.
De son souffle divin le caressait Zéphire,
Ses lèvres s'entr'ouvraient..... et c'était pour sourire :
  Il arrivait à l'horizon.

Ses yeux n'ont rencontré que les yeux de sa mère,
Ils n'ont fait qu'entrevoir une pâle lumière,
  Et puis..... le sort les a fermés !
Des choses de ce monde il garda l'ignorance,
L'ange que nous aimions passa dès son enfance
  Sur les rivages parfumés . . . .

. . . .

La plus douce des voix emplissait le bocage,
C'était du rossignol le sublime ramage.
        Le coteau, les prés et les bois
Reprenaient tour à tour une riche parure ;
Le printemps et les fleurs, et toute la verdure
        Revenaient encore une fois.

Le vent n'agitait point le chêne séculaire.
De la source aucun bruit ne troublait le mystère ;
        Partout régnait l'obscurité.
Les étoiles brillaient dans la plaine céleste,
Quelques-unes, suivant une pente funeste,
        S'enfuyaient dans l'immensité !

Et dans la nuit si belle, et dans tout ce silence,
Sur un trône de fleurs, un ange d'innocence
        Allait au bienheureux séjour.
Telle on voit du rosier se détacher la rose ;
Fleur timide et fragile, à peine est-elle éclose
        Qu'elle disparaît sans retour !

Reviens, enfant chéri, reviens près de ta mère,
Apporter une trêve à sa douleur amère,
        Dans un songe délicieux !
Apporte le baiser pour calmer sa souffrance ;
Pour sécher tous ses pleurs apporte l'espérance,
        Pour un instant quitte les cieux !

Que l'écho de ta voix soit la brise plaintive !
Sur un cœur affligé que ton ombre pensive
        Vienne se reposer le soir !
Oh ! reviens bien souvent ! et que ton âme pure
Révèle son secret dans un vague murmure,
        En redisant un mot d'espoir !

Garde le souvenir des baisers de ta mère,
Ecoute quelquefois, écoute sa prière,
        Pour elle invoque l'Éternel.
Enfant, rappelle-toi ses soins et sa tendresse,
Par un rire charmant dissipe sa tristesse,
        Reviens dans le sein maternel !

Mai 1877

A MON GRAND-ONCLE

Le temps a blanchi tes cheveux,
Sur toi pèse son bras nerveux.
Mais ton front se relève encore,
Aussi pur, aussi beau que le lys à l'aurore,
Et reçoit du soleil les rayons bienfaisants.
C'est en vain que les ans
Te déclarent la guerre,
Tu souris devant eux
Et leur montres ta tête fière.
Ils sont quatre-vingt-dix reculant tout honteux,
Car ta voix les confond, ton regard les domine;
Ils sont comme les flots que la plage extermine;
Des obstacles contre eux seraient bien superflus :

Ils augmentent sans cesse et ne te touchent plus.
Sur une mer immense
Où brille l'espérance,
Tu navigues depuis longtemps.
Et jamais les fougueux autans,
Soulevant la tourmente,
Dans la vague écumante
N'ont jeté ton esquif
Sur le sombre récif.
Elle avance toujours, cette barque légère ;
Le destin la conduit vers la rive étrangère ;
Mais l'immensité règne encor
Entre elle et le céleste port !

Les chagrins qui sont de tout âge,
N'ont point obscurci ton visage :
Ils ont laissé ton cœur jeune et joyeux !
La bonté se lit dans tes yeux ;
Les sourires les plus aimables
Accompagnent toujours tes paroles affables.
C'est pourquoi l'on a du bonheur
A t'entendre parler avec tant de douceur.
Tu racontes si bien ces histoires charmantes
Où se montre souvent un héros que tu vantes,

Ces exploits
D'autrefois,
Qui réveillent la lyre,
Et finissent toujours par un trait qu'on admire !
Ta vive imagination
Donne à ta conversation
Un charme inexprimable,
Qui fait trouver partout ta présence agréable.

Espère en l'avenir,
O vieillard vénérable !
Ton beau voyage est si loin de finir !
Va, tu peux résister à tout souffle homicide
Et dédaigner encor les injures du temps ;
Le courage et l'espoir ne sont point inconstants,
Ils aiment à rester avec l'homme intrépide,
Et toi, ton bras
Ne tremble pas !
Mais sur ta route
Il n'est plus maintenant un obstacle à franchir,
Ceux qui peuvent rester s'effaceront sans doute
En te voyant venir.
Comme au souffle du vent une branche salue,
Tout doit s'incliner à ta vue.

Place au vainqueur des ans !
Honneur à la victoire !
Laissons passer celui dont les longs cheveux blancs
Sont une auréole de gloire !....

Aout-Septembre 1877

ÉCRIT SUR LE TOMBEAU DE MON FRÈRE

Rose du paradis, fleur éclose ici bas,
Frêle objet de tendresse, aurore d'espérance,
Il s'est évanoui, surpris par le trépas,
Avant que son front pur perdît son innocence.

Octobre 1877

AU PAPILLON

Lorsque dans la prairie
Tu voltiges gaiement,
Que sur l'herbe fleurie
Tu vas bien lentement ;
Quand ton aile légère
En passant sur la terre
L'effleure doucement;

Quand, au gré de la brise
Bien souvent emporté,
Comme une ombre indécise
Tu parais agité,
Messager de Zéphyre,
Où vas-tu ? Quel délire
Semble t'être prêté !

A chaque fleur nouvelle
Peut-être apportes-tu,
Ainsi que l'hirondelle,
Dans le cœur abattu,
Une bonne nouvelle,
Doux espoir qui révèle
Un oubli combattu ?

Gentille miniature,
Viens-tu, dans ce beau jour,
A toute la nature
Annoncer le retour
De la saison charmante
Où partout l'oiseau chante
Le refrain de l'amour ?

Je crois que l'inconstance
Conduit seule ton vol,
Que ta frêle existence,
Être craintif et fol,
Est par elle enchaînée,
Comme la fleur fanée
Que l'on voit sur le sol.

Pourquoi sur une rose
Un instant t'arrêter,
Lorsque si peu de chose
Te la fera quitter ?
Sur cette fleur tremblante,
Ton ombre vacillante
Viendra t'épouvanter !

Pourquoi dans la corolle
Qui va s'épanouir,
Insecte trop frivole,
Viens-tu te réjouir,
Quand, suivant ton caprice,
Comme un rayon qui glisse
Tu vas t'évanouir ?

En passant dans la plaine
Y prends-tu tes couleurs ?
Mêles-tu ton haleine
Aux doux parfums des fleurs ?
Quand l'aube matinale
Arrose le pétale,
Viens-tu boire ses pleurs ?

Et sur l'onde limpide,
Parfois apercevant
Un nénuphar timide
Incliné par le vent,
Sur sa tête mobile
Tu viens d'une aile agile
Te reposer souvent.

Là, longtemps immobile
Au sein de ce berceau,
Quand le flot indocile
Te balance sur l'eau,
Écoutes-tu la brise
Qui gémit, passe et frise
Le cristal du ruisseau ?

Sur l'onde qui murmure,
Regardes-tu passer
L'oiseau dont la parure
Suffit à t'offenser ?
Regardes-tu son aile
Qui s'agite, étincelle,
Quand il veut s'abaisser ?

J'aime à voir dans la plaine
Tes ébats gracieux ;
Où la brise te mène
Tu t'en vas tout joyeux,
Et je crois qu'à ta vue,
Une joie imprévue
Rend mon front radieux !

Sans souci de la vie,
Et semblant ignorer
Qu'elle est sitôt ravie,
Tu t'en vas folàtrer
Sur chaque fleur éclose,
Et demain sur la rose
Tu pourras expirer !...

Ainsi, partout tu sèmes
Et l'amour et l'espoir,
Et nous sommes nous-mêmes
Heureux de te revoir !
Mais, hélas ! l'allégresse
Est changée en tristesse,
Bientôt en désespoir !

Novembre 1877

REGRETS

Image de la fleur que la vie a trompée,
Douce et frêle colombe emportée à nos vœux,
A peine un léger souffle a touché ses cheveux ;
Elle avait dix-neuf ans, et la mort l'a frappée !

Lorsque tout souriait à son printemps d'amour,
Quand son front était ceint d'une blanche auréole,
Elle s'est dérobée à ce monde frivole,
Elle s'est envolée avant la fin du jour !

Elle avait dix-neuf ans, et puis elle est partie !
Tandis qu'en l'avenir elle espérait encor,
Jeune vierge expirante, esclave de la mort,
Elle fut sans pitié par elle anéantie !

Oui, déjà sur sa tombe ont coulé bien des pleurs,
Et sur la froide pierre une mère éplorée
Reviendra chaque jour, gémissante, égarée,
Témoigner ses regrets, exhaler ses douleurs.

Son cœur était trop pur et son âme trop belle
Pour que le ciel jaloux ne voulût les ravir !
Le destin la trouvant trop faible pour souffrir,
L'emporta sans retour vers la sphère éternelle.

Des larmes de regret ont mouillé ses beaux yeux
Dès qu'elle a reconnu sa jeunesse brisée !
Telle on voit de la fleur s'épancher la rosée,
Quand vient de la flétrir l'orage furieux.

De cette belle enfant la mémoire chérie
Est à jamais gravée au fond de notre cœur,
Toujours ce souvenir d'amour et de douleur
Fait l'objet de ma peine et de ma rêverie !...

Novembre 1877.

PREMIER MAI

SONNET

C'était le premier mai. Devant la saison pure
Fuyait l'hiver; le ciel devenait clair et beau,
Les plantes reprenaient leur plus riche parure,
Et la brise légère effleurait le ruisseau.

C'était fête partout : du sein de la nature
Partaient mille concerts chantant le renouveau ;
Le soleil se perdait dans des flots de verdure,
Et dans le fond des bois on entendait l'oiseau.

Mais mon cœur affligé par la douleur profonde
Ne participait point à ce réveil du monde,
Et tout bas murmurait un éternel adieu.

Car mon frère à cette heure où tout semblait renaitre,
Frêle enfant de trois mois, venait de disparaitre,
Passant par le tombeau pour aller au ciel bleu..

JANVIER 1878.

LARMES DE FEMME

Une larme de femme est un divin trésor!

Cette petite goutte est une perle d'or
Qui provient d'une source en mystère féconde,
Se forme dans l'azur et s'épanche en ce monde
Pour donner la lumière aux hommes ténébreux,
Et jeter des rayons d'amour aux malheureux!

Cette source limpide est parfois agitée,
Bien que des vents fougueux elle soit écartée ;
Car parmi les pensers flotte le sentiment
Qui soulève la vague au moindre achoppement,

La dilate et la pousse à la rive trop sombre
Et la fait retomber en étoile dans l'ombre !

D'où vient donc cette larme éclose dans ses yeux,
Lorsque la jeune fille, entrevoyant les cieux,
Pour la première fois entend ces mots : « Je t'aime » ?
Il lui semble qu'alors c'est le bonheur suprême,
Que toujours son chemin sera semé de fleurs ;
Et dans ce doux instant s'éteignent ses douleurs.
Un son lointain de luth arrive à son oreille,
Il enivre, il endort son âme et la réveille,
Et le baiser d'amour de cet être charmant,
Ineffable soupir, se mêle au firmament !

Lorsqu'elle est un beau jour tout de blanc habillée,
Et qu'au pied de l'autel elle est agenouillée,
Alors que dans sa main est celle d'un ami
Qui saura la venger de plus d'un ennemi,
Pourquoi la mariée a-t-elle tant d'alarmes ?
Pourquoi dans son bonheur verse-t-elle des larmes ?
C'est qu'en elle un combat se livre en ce moment,
Et dont quelques regrets seront le dénoûment.
Elle voit d'un côté cette nouvelle vie
Comme un festin joyeux auquel on la convie ;

De l'autre, l'abandon du foyer paternel,
Que tant de souvenirs lui rendront immortel.
Pourrait-t-elle à cette heure oublier la tendresse
Dont son père et sa mère entouraient sa jeunesse ?
Tous ces soins, ces baisers pour elle amoncelés,
Tous ces jours bienheureux dans la paix écoulés ?
Pourrait-elle oublier les nombreuses souffrances
Que souvent amenaient leur mille prévoyances ?
Mais une voix lui dit : « Enfant, tu peux partir
« Sans te laisser aller au sombre repentir !
« Va, ma fille chérie, avec celui qui t'aime,
« Apporte-lui la foi par ton amour extrême,
« Apporte-lui le calme et la sérénité ;
« Soyez toujours unis par la sincérité !
« C'est nous qui te disons de suivre cette voie
« Où tu devras trouver le mérite ; et la joie
« Est un baume versé sur toutes nos douleurs ! »
Et le sourire vient se mêler à ses pleurs !

Ils sont libres enfin ! Loin du bruit et du monde,
Ils savourent l'hymen dans une paix profonde ;
Ils répètent ensemble une foule de mots
Qui se perdent, pareils au murmure des flots ;
Des mots auxquels bientôt succède le silence,

Le silence adorable où l'extase est immense,
Où l'âme se dévoile et se montre à nos yeux;
Le silence qui parle et traduit beaucoup mieux
Nos désirs frémissants, nos secrètes pensées!
La jeune femme encor, les paupières baissées,
Va laisser échapper quelques larmes d'amour!
Le réveil la surprend au matin d'un beau jour :
C'est la réalité qui chasse le mensonge,
C'est l'accomplissement d'un délicieux songe!
Elle ne voit autour d'elle que des rayons
Qui s'élancent du sein de constellations;
Cette clarté du ciel, cette puissante flamme
Qui change l'ange en femme et fait ange la femme,
Vient éclairer sa tête et faire épanouir
Ce visage si pur où va s'évanouir
Le farouche soupçon et la haine fatale.
Puis sa reconnaissance en longs soupirs s'exhale;
On dirait que son cœur ne sait plus contenir
Ces palpitations qu'on ne peut définir;
En un baiser brûlant il déborde à sa bouche,
Et sa bouche frémit au baiser qui la touche...

Quand un reflet des cieux sur ce couple a brillé
Et qu'un nouvel amour en eux est éveillé;

Quand leurs vœux sont comblés et qu'un cher petit être,
Objet tant désiré, sous leur toit vient de naitre,
Oh ! comme ils sont heureux ! Le bonheur n'est donc pas
Un vain mot, puisqu'il a toujours suivi leurs pas.
Désormais leurs efforts protègeront sa vie
Et tendront constamment à ce que nul n'envie
Ce trésor précieux, ce gage d'avenir,
Cet arbre jeune encor qu'ils pourront voir grandir !
Ils n'ont jamais été trompés dans leur croyance
Et vont placer en lui leur dernière espérance !
Mais que le sort plus tard enlève cet enfant,
Qu'il vienne l'arracher au bras qui le défend,
Le désespoir alors fait place à ce doux rêve
Qui leur cachait la vie, et la douleur s'achève
Devant ce vide affreux ouvert à leur côté.
Adieu, plaisir, tendresse, amour, félicité !
En un instant tout fuit, s'éloigne et se disperse ;
C'est la Fatalité, la déesse perverse,
Qui dans son vol rapide a touché la maison,
En vomissant sur elle un torrent de poison !
Abîmée à cette heure, et pâle, échevelée,
Par ce terrible coup tout entière ébranlée,
Parfois la jeune mère a des lueurs d'espoir :
Son esprit égaré lui laisse apercevoir

Dans le lointain désert, dans une autre patrie,
Son ange souriant, sa colombe chérie!
Dans ses yeux tout en pleurs soudain brille un éclair,
Sur ses lèvres en feu surgit un rire amer,
Son sein gonflé bondit, se dilate et se glace,
Ses bras semblent chercher quelque chose en l'espace...
Puis son regard s'abaisse et revient au berceau,
Sa main tremblante écarte à demi le rideau...
— Ah! pourquoi donc, Seigneur, m'avoir pris ce doux être?
Pourquoi, ce beau rayon, l'avoir fait disparaître?
En vain j'ai combattu, vous êtes triomphant;
Vous avez pris mon âme en prenant mon enfant.
Que vais-je devenir et que pourrai-je faire,
Maintenant qu'il n'est plus et que rien sur la terre
Ne me consolera? Sachant bien que jamais
Il ne me reviendra, je sens que je m'en vais!
Vous saviez bien pourtant que je ne pourrais vivre
Sans cet autre moi-même, et qu'il me faudrait suivre
Le chemin du tombeau, quand votre volonté
Aurait brisé mon cœur? Pourquoi m'avoir ôté,
Après un temps si court, cette tête sacrée?
Pourquoi m'avoir ravi cette ombre à son entrée?
Pourquoi tous mes espoirs sont-ils par vous flétris?
Mon Dieu, dites-le-moi, pourquoi l'avez-vous pris?

Elle gémit ainsi ; de larmes elle inonde
Cette couche où déjà n'est plus la tête blonde,
Et sa voix étouffée a des accents plaintifs
Que répètent des murs les échos attentifs.

D'où viennent tous ces pleurs, cette douleur amère ?
A quelle impulsion obéit cette mère ?
Quelle est donc la puissance ou le grand sentiment
Qui produit tout-à-coup ce bouleversement,
Apporte le bonheur et le change en martyre,
Après l'enchantement fait naître le délire ?
Mortels, ne cherchez pas : C'est la Maternité !

La mère de famille, au cœur plein de bonté,
A toujours dans les yeux des larmes de tendresse
Au moment si pénible où son enfant la laisse
Pour se rendre à l'appel du destin, du devoir.
Elle comprend le triste adieu dans le revoir,
Car son âge avancé la trahira peut-être
Avant qu'à l'horizon elle ait vu reparaître
Le vaisseau rapportant son enfant et sa joie !
A la même douleur cette femme est en proie,
Dès que la maladie au visage altéré
Au sein de la famille a soudain pénétré.

D'où viennent donc enfin les pleurs de cette mère
Que la mort d'un époux réduit à la misère,
Ou qu'un lâche abandon, fruit d'un amour menteur,
Jette sur le pavé comme un vil insulteur?
Oh! leur source est divine! Elle inspire et soulage,
Bannit le désespoir et donne le courage!
Sachons les respecter, courbons-nous devant eux,
Et que notre regard ne soit pas vaniteux
Quand nous rencontrerons, peut-être sans demeure,
Allaitant son enfant, une femme qui pleure!
Arrêtons-nous devant ce tableau du malheur,
Et d'un cœur affligé partageons la douleur.
Pensons que cette femme endure la souffrance,
Et la faim et la soif, et que sa vigilance
Ne s'affaiblira point, et que l'enfant encor
Dormira dans ses bras, lorsqu'un souffle de mort,
Mettant fin à ses maux, aura penché sa tête,
Comme si, n'étant plus, elle était encor prête
A donner un baiser à l'innocent bourreau!
Pensons que cette femme abhorre le tombeau
Pour la seule raison qu'elle se doit entière
A son enfant aimé, que son rôle de mère
Est un rôle sacré, que ce rôle est devoir!
Pensons qu'elle voudrait un gîte pour s'asseoir,

Un abri, du travail, un peu de nourriture,
Afin que sur son sein la frêle créature
Puisse au moins ignorer ce que c'est que souffrir !
Oh ! ne reculons pas, laissons nous attendrir,
Et puis pensons encore au dévoûment sublime
Que Dieu sut empêcher de tomber dans l'abime
En le plaçant un jour dans l'amour maternel !

Après être tombés, ces pleurs s'en vont au ciel !
Ils ont cicatrisé les blessures du monde !
Ils ont laissé sur terre une trace profonde
Dans laquelle toujours nous serons amenés,
Parce que, malgré nous, nous sommes entraînés
Par le grand sentiment qui pénètre notre âme,
Quand nous voyons couler une larme de femme !
Ils nous ont éclairés avant de s'effacer ;
Avant de disparaitre, ils nous ont fait passer
Par le sentier plus doux qui mène à la concorde,
Et nous ont éloignés de l'ardente discorde.
Ils sont venus à nous pour nous civiliser,
Pour nous régénérer et nous moraliser.
« Amour, Fraternité », telle était leur devise,
Devise que le temps embellit, éternise !
Mais quand ils ne sont plus, lorsqu'ils sont apaisés ;

Quand nous les avons tous à leur source puisés ;
D'autres pleurs aussitôt, formés sur leur passage,
Viennent continuer leur œuvre grande et sage.
C'est ainsi que toujours, sur nous tombant sans bruit,
Ils sauront nous tirer de l'éternelle nuit !

O célestes sauveurs ! ô puissants pleurs de femme !
Parfums purifiés du souffle et de la flamme !
Douce et fraîche rosée apportée aux vivants !
Ether ! baume ! vapeurs ! qui flottez sous les vents !
Sanglots qui murmurez en coulant goutte à goutte !
Interprètes du cœur qu'en silence on écoute !
Puisque vous possédez sur nous tant de pouvoir,
Que pour être meilleurs, il suffit de vous voir ;
Soupirs intérieurs ! cris de l'âme en détresse !
Puisque dans votre chute un regard nous caresse ;
Puisque dans ce regard se reflète l'amour,
Que la joie et l'ennui s'y mirent tour à tour ;
Puisque dans ce regard on voit briller une âme,
Que cette âme si belle est l'esprit d'une femme ;
Oh ! venez ! pleurs ! venez ! vous êtes sans détours !
Ne vous apaisez pas, éclairez-nous toujours !
Qu'une douce clarté de vos centres s'échappe,
Et que cette clarté légèrement nous frappe !

Que pour nous, ici-bas, elle soit un flambeau !
Que ce flambeau nous prenne au sortir du berceau
Et qu'il nous accompagne au milieu de ce monde
Où le flot « lâcheté » trop souvent nous inonde !
Que jamais l'imprévu ne puisse l'arrêter !
Qu'il avance avec nous sans jamais nous quitter !
Que ce soit la pitié, l'amour ou la tendresse
Qui le fasse briller, mais qu'il brille sans cesse !

Devant nos rédempteurs, à genoux ! à genoux !
Hommes faibles, ingrats, devant eux courbons-nous !
Quand ils s'épancheront, dans un instant suprême,
Sur nos fronts ténébreux, comme l'eau d'un baptême ;
Quand ils se donneront à nous pour nous guérir
Des maux dont nous aurions sans doute à tant souffrir ;
N'ayons pas une joie, une tristesse feintes,
Admirons-les au moins dans leurs missions saintes.
Pensons que nous avons besoin de leur secours,
Que pour nous diriger il nous les faut toujours ;
Pensons que leur venue est pour nous salutaire,
Qu'ils nous tracent la voie à suivre sur la terre ;
Pensons que dans nos cœurs ils devraient pénétrer,
Qu'ils sont le sentiment, qu'ils font rire et pleurer !
Considérons qu'il n'est, dans toute la nature,

4

Rien dont la source soit aussi belle, aussi pure ;
Considérons qu'il est quelque chose de grand
Dans le regard voilé d'une femme pleurant,
Et que peut-être Dieu, pour éclairer nos âmes,
Vient se manifester dans les larmes des femmes.

Février-Mars 1878

VIOLETTES ET GIROFLÉES

A MA SŒUR

Salut, fleurs du printemps
Qu'un rayon fit éclore !
Salut, fleurs que le temps
Flétrit à votre aurore !

Hier à l'ombre des bois
Vous croissiez fortunées,
Aujourd'hui je vous vois
Sur ma table fanées !

Pauvres fleurs ! Ici bas,
Comme vous tout succombe,
Et chacun de nos pas
Nous conduit à la tombe.

Je ne puis rejeter
Ce que l'amitié donne ;
Vous allez me rester
Lorsque tout m'abandonne.

Je songe, en vous voyant,
A vos splendeurs passées ;
Je souris en songeant
Qui vous a ramassées ;

Car je sais quelle main
Ici vous a placées,
Car je devine enfin
L'auteur de ces pensées.....

24 Mars 1878

A ELLE

I.

Vous êtes maintenant à l'âge des chimères,
A l'âge où l'avenir apparaît sans mystères,
Vous êtes à cet âge, où d'un voile charmant
Sont couverts à l'esprit les revers de la vie :
C'est l'âge bienheureux que tout le monde envie
      Et.... qui passe rapidement !

Vous avez la beauté, vous possédez la grâce ;
Zéphyre, en souriant, doucement vous embrasse,
Et la divine Flore, accourant sur vos pas,
Pour orner votre front vous apporte des roses.
Prenez, prenez ces fleurs qui sont fraîches écloses,
Laissez-les se jouer sur vos tendres appas.

Vous avez dix-huit ans ! oh ! vous êtes heureuse !
Votre esprit est tranquille et votre âme est joyeuse,
Sur vous ne tombe point le souffle du malheur;
Vous ne connaissez pas les chagrins ni la haine ;
Loin de vous sont encor les remords et la peine,
      En vous réside le bonheur !

Quand on voit vos beaux yeux, quand on voit votre rire,
On devine à l'instant ce que vous allez dire ;
Votre cœur est rempli de soupirs innocents
Que l'on entend parfois mourir sur votre bouche,
Et votre haleine pure, à tout ce qu'elle touche,
Apporte ses douceurs et ses parfums naissants !

Oh ! vous devez aimer le ruisseau qui murmure
En roulant son cristal sur un lit de verdure ;
Vous devez adorer la prairie et les bois,
Le rayon de soleil, la brise gémissante,
La douce poésie et la fleur odorante,
        Le chantre à la sublime voix.

Vous devez bien encor, lorsque la nuit s'avance,
Aimer à soupirer dans le profond silence ;
Et quand un vent léger vous caresse le soir,
Vous lui livrez peut-être un secret de votre âme,
Un secret qu'il reporte à celui qui réclame
Un message de vous pour lui rendre l'espoir !

Et quand sur vous la nuit étend ses sombres voiles,
Que brillent dans l'azur une foule d'étoiles,
Le sommeil vous surprend et vous ferme les yeux.....

Ce sommeil avec lui vous apporte un doux rêve,
Et ce rêve d'amour à l'aurore s'achève
      Dans un rayon venu des cieux.

Gardez-vous bien d'aller sur le rivage sombre,
Où mugit le torrent qui retombe dans l'ombre,
N'allez pas sur les bords qu'habite l'aquilon ;
Restez parmi les fleurs de la verte prairie,
Au séjour du bonheur et de la rêverie,
Près d'une source pure au milieu d'un vallon.

Chantez, aimez, riez, puisque tout vous caresse,
Vivez dans l'espérance au sein de l'allégresse,
Que les larmes jamais ne flétrissent vos yeux.....
Persévérez toujours dans vos pures croyances :
L'illusion nous met à l'abri des souffrances
      En rendant notre cœur joyeux.

Vous arrivez à peine aux portes de la vie,
Et votre âme enivrée, et votre âme ravie,
Sur notre sphère vient avec effusion ;
Qu'un rayon matinal, épanché de l'aurore,
Aux rivages lointains vous accompagne encore,
Vous qui donnez l'amour et l'inspiration !

JUILLET-AOUT 1877

II

Déjà les feux du jour disparaissaient dans l'ombre,
L'horizon s'effaçait dans un nuage sombre,
Et de l'astre des nuits un rayon indiscret
Semblait venir sur nous pour surprendre un secret.

Avec ses yeux d'azur, oh ! comme elle était belle !
Enivré de bonheur, je ne voyais plus qu'elle,
Que son rire divin, que son front radieux ;
Et j'entendais son cœur palpiter tout joyeux !

Son regard rayonnait ainsi que les étoiles ;
L'ombre avait à son âme enlevé tous ses voiles !
Ma main prenait la main de cette blonde enfant,
Et tous deux nous disions des mots bien doucement.

O soupir de l'amour ! lyre mystérieuse !
Pure haleine du soir ! brise délicieuse !
Vous avez fait éclore, en passant près de nous,
Le premier des baisers, le baiser le plus doux.....

SEPTEMBRE 1877.

III

Quand le ministre saint, près de vous, en silence,
Entend la douce voix de votre conscience ;
Qu'à genoux et le front vers la terre penché,
Vous vous taisez parfois pour un petit péché ;
Lorsque le prêtre alors aisément vous devine,
Et qu'à sa question, votre bouche divine
Laisse échaper un oui, pourquoi donc tant frémir ?
Pour un baiser reçu faut-il toujours gémir ?
Et pourtant le Seigneur ne défend pas qu'on aime,
Je vous l'ai dit souvent, vous l'avez dit vous-même.
Hier encor vous étiez rayonnante d'amour ;
Pour vous rendre pensive, il n'a fallu qu'un jour !

Je sais bien que là-bas, sous cette voûte obscure,
On n'a jamais connu les lois de la nature ;
Que les doux sentiments ne sont pas éprouvés,
Et que par cela même ils sont désapprouvés ;
Je sais bien cependant qu'il faut être sévère
Pour le moindre abandon, pour la faute légère
Qui pourrait dans la suite amener nos malheurs
Et conduire nos pas vers le lieu des douleurs :

Mais là n'est pas le cas : votre âme est trop candide
Pour qu'en elle se glisse une action perfide ;
Vos pensers sont trop purs pour engendrer le mal
Et pour vous entraîner dans l'abîme fatal.

Puisque vous êtes jeune et que vous êtes belle,
Puisque Dieu le permet, aimez, Mademoiselle.
Tandis que vous avez des charmes éclatants
Et que tout vient sourire à votre beau printemps ;
Tandis que votre cœur parle par votre bouche,
Que la brise amoureuse en passant l'effarouche ;
Tandis que tout en vous est tendresse et candeur
Et que vos yeux d'azur ont toute leur splendeur,
Aimez. Aimez encor, parce que notre Père
A voulu que l'amour se répandît sur terre ;
Parce que pour aimer il a fait naître en nous
Ce sentiment si pur qui se révèle en vous !
Oui, jeune fille, aimez ! Pour vivre il faut qu'on aime.
A votre âge surtout c'est une loi suprême,
Une loi naturelle imposée à l'esprit
Qui ne peut résister à son charme subit.
Laissez dans votre cœur pénétrer cette flamme :
Vous vous verrez soudain, d'ange devenir femme !

OCTOBRE 1877.

IV

Plus rien. Elle vient de partir,
Et moi, je reste ici martyr !
L'immense solitude entoure ma demeure,
Je me parle tout bas et sens ma voix qui pleure ;
L'exil s'ouvre partout à mon triste regard ;
C'est en vain que je cherche à fouiller le hasard
Les espoirs me trouvent rebelle,
Maintenant que je suis loin d'elle !

Je ne pouvais pas me douter
Qu'il fût si dur de se quitter !
Le bonheur m'enivrait, j'avais l'âme joyeuse ;
Son rire m'enchantait, je la voyais heureuse,
Et je ne pensais pas que la détresse un jour
Habiterait mon cœur en le privant d'amour ;
Je contemplais l'aurore blonde
Et je suis dans la nuit profonde !

Me voilà dans l'ombre plongé
Sans pouvoir être soulagé !

L'hiver, âpre saison, vient frapper à ma porte,
Et dans ses noires mains je vois bien qu'il m'apporte
Les peines, les revers, les nouvelles douleurs ;
Son souffle empoisonné m'étreint de ses fureurs ;
      Déjà je sens que je succombe
      Et me crois auprès de la tombe !

      Il me semble que j'ai vieilli
      Depuis que je suis assailli,
Accablé par ce spleen. Hier encor la jeunesse
Emplissait mes vingt ans d'une trompeuse ivresse,
Je crois que mes vingt ans aujourd'hui sont passés,
Que, le front et les yeux vers la terre baissés,
      Je m'en vais au lointain rivage
      Comme l'épave d'un naufrage !

      Du moins, j'ai l'esprit fatigué
      Parce qu'il a longtemps vogué
Sur le vaste océan des luttes et des rêves,
Sans que jamais le port, le repos et les trêves,
Aient un instant brillé pour lui dans l'infini.
Il ne peut même pas, solitaire et banni,
      Saisir les algues dispersées
      Au milieu des vagues pensées !

N'ayant plus que son souvenir,
Je vois en deuil mon avenir !
Je vis seul, ignoré, dans ma petite chambre,
Où vient me torturer l'implacable décembre ;
A toute heure du jour, du matin jusqu'au soir,
Pendant toute la nuit, en proie au désespoir,
Je dévore mon amertume
Et lentement je me consume.

Rien ne peut plus m'intéresser,
Et je veux bien loin repousser
La consolation, puisqu'elle est impossible.
Au printemps je serai désormais insensible :
Que me diront les fleurs ? que me diront les bois ?
Que me dira l'oiseau, si je n'entends sa voix ?
Que me dira l'eau qui soupire,
Si je ne vois pas son sourire ?

Des astres qui peuplent les cieux
Que ferai-je sans ses beaux yeux ?
Que ferai-je du vent qui mollement me touche,
Sans la douce senteur s'exhalant de sa bouche ?
De tous ces diamants scintillant sur les fleurs
Que ferai-je, ô mon Dieu, sans ses généreux pleurs ?

Et que ferai-je de la vie
Sans la sienne qui m'est ravie ?

D'amour je me suis enivré
Sans être encor désaltéré ;
J'ai soif, j'ai soif, je souffre, et la source est tarie
Parce qu'elle a coulé sur une herbe flétrie !
Mon âme a trop subi ce trouble envahisseur,
Et demande à présent qu'on lui rende sa sœur,
Ou que le trépas l'affranchisse
De la loi terrestre : Injustice !

J'étais chanteur mystérieux,
Et je suis rêveur ténébreux !
Subitement ma vie est devenue amère ;
Je songe bien toujours, mais mon rêve est austère ;
Je n'ai plus d'espérance et ne veux en avoir ;
Il me faut tout ou rien, il me faut la revoir,
Il faut qu'Avril me la ramène
Et qu'il dissipe ainsi ma peine !

Décembre 1877

V.

Lo soir jo vais à ma fenêtro,
Et dans la nuit qui semble naîtro
Du jour qui viont de s'achover,
Mon âmo entend un doux murmuro
Partant do touto la nature :
Alors je mo mets à rêver !

Oui, j'aimo cotto solitudo :
C'est là quo sans inquiétudo
Jo me livro à mon souvenir ;
Et, loin do co mondo frivolo,
Bercé par l'illusion follo,
Je crois ontrovoir l'avenir !

Et puis, jo songe à toutes choses :
Aux parfums qu'exhalent los roses,
Aux bocages mystérieux ;
Je songo à l'ombro évanouie,
A toùt co qui charmo l'ouïo,
A tout co qui charmo les yeux.

5.

Je songe aux prés que l'onde arrose,
Aux fleurs où l'abeille se pose,
Je songe aux bruits confus des eaux,
A l'hirondelle passagère,
De l'espérance messagère ;
Je songe aux doux chants des oiseaux.

Je songe aux âmes envolées,
Esprits des vierges immolées ;
Ces doux fantômes, je les vois !
Parfois, vision ineffable,
Le souffle du vent favorable
M'apporte le son de leurs voix...

Je songe à ces mille lumières,
Des mondes les divins mystères ;
Sur la voûte immense du ciel,
J'en vois la splendeur infinie
Qui ne sera jamais ternie,
Puisqu'elle vient de l'Éternel !

Je suis, au milieu de l'espace,
Chaque branche qui se déplace ;
J'écoute le frémissement

Des feuilles que la brise agite;
A ce bruit mon être palpite,
Voluptueux frissonnement!

Ce vent éveille en ma pensée
Une douleur presque effacée,
Et je sens que je souffre encor!
Dans cette suave harmonie
J'entends la parole chérie
D'une fille, ange aux ailes d'or!

Puis, je crois que c'est une plainte,
Ce soupir, cette haleine éteinte,
Peut-être est-ce l'écho lointain
De sa voix qui pleure et m'appelle!...
Une larme s'épanche-t-elle
Comme une perle sur son sein?....

Triste, mon cœur dit et répète :
« O brise, sois notre interprète,
« Sois complice de nos amours;
« Porte, pour calmer sa souffrance,
« Un mot, un rayon d'espérance
« A celle que j'aime toujours!

« Puisque Dieu t'a donné des ailes,
« Dis-lui que mes vœux sont fidèles,
« Dis-lui que je suis bien captif!
« Franchis les monts et les vallées,
« Passe sur les cimes voilées,
« Va consoler son cœur pensif!

« Brise qui nais au crépuscule;
« Souffle mol sous lequel ondule
« La surface des flots amers;
« Brise dans les bois gémissante,
« Au milieu des airs enivrante,
« Qui t'en vas errer sur les mers;

« Brise qui passes et recueilles
« La senteur des fleurs et des feuilles;
« Qui balances légèrement
« La rose tremblant sur sa tige :
« Et soutiens l'oiseau qui voltige
« En chantant agréablement;

« Vent qui frémis dans la corolle
« D'où le pollen alors s'envole ;
« Toi qui devances le printemps

« Et sèmes partout la jeunesse ;
« Source de bonheur et d'ivresse
« Où viennent boire mes vingt ans !

« Brise qui parles aux rivages
« Et t'élèves jusqu'aux nuages ;
« Toi qui fais courber quelquefois
« Les chênes à la tête fière ;
« Qui répands tes bienfaits sur terre,
« Sembles donner la vie aux bois ;

« Souffle qui réveilles mon âme
« Et que mon front brûlant réclame ;
« Souffle divin, souffle d'amour,
« Prends pitié de sa peine extrême,
« Va ! va lui dire que je l'aime,
« Porte-lui l'espoir un seul jour !

« Dis-lui que c'est moi qui t'envoie !
« Puisque je n'ai pas cette joie
« De la voir sur moi se pencher,
« Dis-lui que toujours je soupire,
« Et qu'ici mon désir expire
« Parce que tout vient m'attacher !

« Brise, va protéger son rêve,
« Fais que doucement il s'achève ;
« Et si, dans la profonde nuit,
« Des pleurs arrosent ses paupières,
« Oh ! va, douce voix des prières,
« Veiller auprès d'elle sans bruit.

« Et, quand apparaîtra l'aurore,
« Si ses larmes coulent encore,
« Eloigne le triste penser
« Qui revient l'obséder sans cesse,
« Dissipe ce spleen qui l'oppresse,
« Donne-lui pour moi ton baiser !

« Que ta voix, comme un chant de lyre,
« Apporte à ses lèvres le rire ;
« Le matin, quand toutes les fleurs
« S'ouvrent au souffle de Zéphyre,
« Nous voyons bien l'aube sourire
« En les arrosant de ses pleurs !

« Va-t-en recueillir son haleine
« Qui de parfums est toute pleine,
« Glisse mollement sur son sein,

« Et passe dans sa chevelure,
« Comme au milieu de la verdure
« Où butine un joyeux essaim.

« Et puis, vers mon ombre pensive,
« Tu reviendras de cette rive
« Où réside tout mon bonheur,
« Me dire que mon ange m'aime,
« Qu'elle reste toujours la même,
« Que mon espoir n'est point menteur !

« Reviens, reviens, brise chérie,
« Exaucer ce cœur qui te prie,
« Reviens de ce lointain séjour
« Me parler de ma bien-aimée,
« Dis-moi, par ta bouche embaumée,
« Que nous nous reverrons un jour !... »

Ainsi toujours l'espoir se fonde
Sur l'incertain, l'ombre profonde !
Dans tout ce que nous entendons,
Parfois, délicieux supplice,
Nous croyons surprendre un indice
De tout ce que nous attendons !

Dans tous ces bruits de la nature,
Dans cet ineffable murmure,
Dans la plainte de l'aquilon
Qui souffle à travers la colline,
Dans cette lumière argentine
Qui vient éclairer le vallon,

Je crois concevoir un mystère,
Et soudain, tout mon être espère !
C'est le sentiment qui soutient :
Il donne la joie et désole,
Il rend malheureux et console,
Des âmes il est le lien !

C'est le sentiment qui fait vivre !
C'est par lui que tout semble suivre
Le chemin tracé par le sort,
C'est lui l'amour pur et sans voiles,
C'est lui le rayon des étoiles,
Il n'abandonne qu'à la mort !

Janvier 1878

VI

Maintenant que je suis dans un exil étrange,
Que mes yeux fatigués ne peuvent rencontrer
Son regard étoilé ni son sourire d'ange,
    Je ne sais que pleurer !

Maintenant qu'à ma voix ne répond plus la sienne,
Que, ne l'entendant pas, je n'écoute plus rien ;
Maintenant que sa main ne touche plus la mienne,
    Je m'en vais sans soutien !

Maintenant qu'un baiser n'effleure plus ma lèvre,
Que mon cœur ne sent plus battre un cœur bien-aimé :
Dans la tombe, et toujours tourmenté par la fièvre,
    Je me crois enfermé !

Mars 1878

VII

Depuis que je la vis un jour sur mon passage,
Et que mon cœur alors se prit à soupirer :
Depuis que poursuivi partout par son image,
Ne pouvant m'éloigner, je voulus espérer ;

Depuis que son regard me dit ces mots : « Je t'aime ! »
Que soudain je sentis l'extase m'envàhir ;
Depuis qu'elle est partie en cet instant suprême,
Et qu'au bras qui m'attache il me faut obéir ;

Depuis que chaque nuit je la vois dans un rêve ;
O tristesse ! ô bonheur ! je n'ai plus qu'un désir :
La regarder avant que mon destin s'achève,
Recevoir son baiser pour mon dernier soupir.....

Avril 1878

VIII

Je vous revois enfin, adorable nature !
Après un long séjour dans la grande cité,
Près de vous aujourd'hui par le sort transporté,
Je vous trouve plus belle et sens sur ma blessure
Comme un baume divin doucement s'épancher !
A de chers souvenirs je puis mieux m'attacher !
. . . .

Dans le bruit du ruisseau, dans le vent qui bourdonne,
Dans les ombres du soir, dans l'arbre qui frissonne,
Dans le chant de l'oiseau retiré sous les bois,
Dans tout ce que j'entends, dans tout ce que je vois,
Il me semble surprendre, ô touchante magie !
Les célestes douceurs d'une nouvelle vie !
Je sens plus que jamais mon cœur battre d'amour !
Je ne sais quel transport me possède en ce jour !
Je ne sais si je rêve ! Oh ! qu'entends-je là-bas ?
Est-ce un pressentiment ?... Mon Dieu ! mais c'est son pas...
. . . .

Oh ! suprême bonheur ! oui, c'est elle, c'est elle,

C'est mon ange qui vient, c'est sa voix qui m'appelle,
Après un temps si long elle m'a reconnu !
Je sais bien, maintenant, pourquoi je suis venu
Ce soir me promener dans ce lieu solitaire ;
Je sais bien, à présent, pourquoi, sans m'en douter,
J'ai suivi ce sentier sans pouvoir m'arrêter !
Ineffable soupir ! vision la plus chère !
O doux songe effacé ! réveil !... réalité !
Je voudrais, à cette heure où je suis enchanté,
Mourir, puisqu'il n'est pas de roses sans épines,
Qu'on a tant de revers pour un peu de bonheur !

. . . .

Je redis donc encore : ô superbes ravines !
O profondes forêts ! voix qui touchez le cœur !
Parfums qu'à chaque fleur un vent léger apporte !
Senteurs que l'on respire et que la brise emporte !
O nature ! vers vous je me sens attiré,
Par vos divins attraits constamment enivré !
Je vous trouve admirable et bien plus belle encore
Quand je serre la main de celle que j'adore.....

. . . .

15 Juillet 1878

IX

Hier au soir, quand j'avais dans ma main votre main,
Quand la même pensée
Nous faisait tous les deux songer au lendemain,
A la joie effacée ;

Quand de l'astre des nuits la douteuse clarté
Rendait mystérieuse
La nature endormie, et vous, jeune beauté,
Vous rendait soucieuse ;

Quand la brise légère, au loin sous les grands bois
Vibrait comme une lyre ;
Quand nous allions ainsi, nous regardant parfois
Sans oser rien nous dire ;

Quand nous allions ainsi par un étroit sentier,
A l'heure où tout repose ;
Vous avez remarqué près de vous un rosier
Qui portait une rose.

Et vous avez alors daigné penser à moi,
    O vous, l'âme profonde !
Car vous aviez l'amour, car vous aviez la foi,
    Si rares en ce monde !

Merci ! J'ai deviné vos projets, ce matin,
    A l'aube blanchissante,
En vous voyant sitôt cueillir dans le jardin
    Une rose naissante.

Près de moi, cette fleur, je la veux retenir
    Bien qu'elle soit fanée ;
Que m'importe ! elle éveille en moi le souvenir
    De qui me l'a donnée....

Oui, je te garderai, toi que sa blanche main
    A ravie à ta tige,
Rose qui pour avoir reposé sur son sein
    Acquiert tant de prestige !

Trésor de la nature à l'amour consacré
    Pour donner l'espérance !....
Enivrante senteur ! tendre objet ! don sacré !
    Apaise ma souffrance !

Dissipe un peu le spleen qui vient tyranniser
    Mon esprit si débile,
Que ta puissance empêche au moins de se briser
    Mon espoir trop fragile !

Il me semble t'ouïr lorsque je t'aperçois !
    Viens-tu me parler d'elle ?
Dis-le moi, pure fleur, de sa plaintive voix
    Es-tu l'écho fidèle ?

As-tu senti son cœur doucement palpiter ?
    N'écoutant que sa flamme,
T'aurait-elle livré, pour me le répéter,
    Le secret de son âme ?

Parle-moi donc encor, parle-moi bien longtemps,
    Par ta douce magie
Viens me rasséréner, viens charmer mes instants,
    Viens me rendre la vie....

16 JUILLET 1878.

X

Louise aux blonds cheveux, vous avez dix-sept ans !
Nul souci, belle enfant, ne vous éprouve encore,
Car vous êtes la fleur que le Zéphir colore ;
Vos yeux et votre front semblent dire : « Printemps »!...

A cet âge divin, oh ! restez bien longtemps !
Gardez vos jeunes ans que l'illusion dore,
Souriez au ciel bleu, souriez à l'aurore,
N'allez pas au chemin que doit suivre le temps !

Souvent sur votre bouche un ineffable rire
Dans mon âme apportant le trouble et le délire,
Me laisse deviner votre cœur sans détours !

Votre regard céleste et m'entraîne et m'attire :
C'est un destin bien doux qu'il vient me faire lire,
Et.... je rêve au bonheur de vous aimer toujours....

AOUT 1878.

XI

En voyant ce matin ton beau regard de femme,
En voyant dans tes yeux se réfléter ton âme,
O Louise ! ô mon ange ! une douce clarté
Vint m'inonder : aux cieux, je me crus transporté.....

8 Septembre 1878.

TABLE

Paris. — Soc. d'impr. PAUL DUPONT. — 305 10.80